VOLT

Pensées végétariennes

Édition établie,
notes et postface par
Renan Larue

Couverture de
Olivier Fontvieille

ÉDITIONS MILLE ET UNE NUITS

VOLTAIRE
n° 632

Recueil inédit

Sources :
« Il faut prendre un parti » : *Œuvres complètes*, Paris, Garnier, 1877-1885, t. 28, p. 534-535 ; « Traité sur la tolérance », *ibid.*, t. 25, p. 66-67 ; Article « Bêtes » du *Dictionnaire philosophique*, *ibid.*, t. 17, p. 565-567 ; Article « Viande » des *Questions sur l'Encyclopédie*, *ibid.*, t. 20, p. 575-577 ; « Éléments de la philosophie de Newton », *ibid.*, t. 22, p. 421 ; « La Philosophie de l'histoire », *ibid.*, t. 11, p. 49-50 ; « Aventure indienne », *ibid.*, t. 21, p. 243-244 ; « La Princesse de Babylone », *ibid.*, t. 21, p. 382-384 ; « Les Lettres d'Amabed », *ibid.*, t. 21, p. 439 ; « Le Dialogue du chapon et de la poularde », *ibid.*, t. 25, p. 119-123.

Notre adresse Internet : www.1001nuits.com

ISBN : 978-2-75550-725-6

Sommaire

VOLTAIRE

Pensées végétariennes

Note sur l'édition

Voltaire commence à s'intéresser à la question végétarienne autour de l'année 1761. Cet intérêt tardif – Voltaire a alors soixante-huit ans – semble être lié à une multitude de lectures qu'il fait presque simultanément : le testament de Jean Meslier, l'*Émile* de Rousseau, divers ouvrages sur l'hindouisme et surtout le *Traité dit de l'abstinence* (de viande) de Porphyre, ou *Traité de Porphyre, touchant l'abstinence de la chair des Animaux* qui avait été récemment traduit du grec en français (1747). À partir de 1762, le thème végétarien apparaît régulièrement dans l'œuvre de Voltaire, mais de manière souvent éparse et allusive. Le philosophe consacre néanmoins plusieurs longs passages à la boucherie, à la viande, aux bêtes et à leurs souffrances. Ce sont ces textes que nous avons réunis ici.

R.L.

Il faut prendre un parti
(« Du mal, et en premier lieu de la destruction des bêtes »)

Nous n'avons jamais pu avoir l'idée du bien et du mal que par rapport à nous. Les souffrances d'un animal nous semblent des maux, parce que, étant animaux comme eux, nous jugeons que nous serions fort à plaindre, si on nous en faisait autant. Nous aurions la même pitié d'un arbre, si on nous disait qu'il éprouve des tourments quand on le coupe, et d'une pierre, si nous apprenions qu'elle souffre quand on la taille ; mais nous plaindrions l'arbre et la pierre beaucoup

---

* *Dans la seconde moitié du* XVIII*e siècle, l'athéisme commence à rencontrer un certain succès en France. Dans le célèbre et sulfureux* Système de la nature, *par exemple, le baron d'Holbach soutient que « l'homme est un être purement physique » et que l'on peut donc aisément se passer du concept de Dieu pour expliquer le monde. Voltaire, qui est déiste, entreprend de le réfuter dans un opuscule intitulé* Il faut prendre un parti, *qui paraît en 1775. Il se heurte à plusieurs difficultés, notamment celle que constitue la présence du mal dans la nature (voir aussi la* Querelle sur le Mal et la Providence – Lisbonne, 1755 *entre Voltaire et Rousseau). La question de la souffrance des animaux paraît, plus que toute autre, insoluble et même désespérante.*

moins que l'animal, parce qu'ils nous ressemblent moins. Nous cessons même bientôt d'être touchés de l'affreuse mort des bêtes destinées pour notre table. Les enfants qui pleurent la mort du premier poulet qu'ils voient égorger en rient au second.

Enfin, il n'est que trop certain que ce carnage dégoûtant, étalé sans cesse dans nos boucheries et dans nos cuisines, ne nous paraît pas un mal, au contraire, nous regardons cette horreur, souvent pestilentielle, comme une bénédiction du Seigneur et nous avons encore des prières dans lesquelles on le remercie de ces meurtres[1]. Qu'y a-t-il pourtant de plus abominable que de se nourrir continuellement de cadavres ?

Non seulement nous passons notre vie à tuer et à dévorer ce que nous avons tué, mais tous les animaux s'égorgent les uns les autres ; ils y sont portés par un attrait invincible. Depuis les plus petits insectes jusqu'au rhinocéros et à l'éléphant, la terre n'est qu'un vaste champ de guerres, d'embûches, de carnage, de destruction ; il n'est point d'animal qui n'ait sa proie, et qui, pour la saisir, n'emploie l'équivalent de la ruse et de la rage avec laquelle l'exécrable araignée attire et dévore la mouche innocente. Un troupeau de moutons dévore en une heure plus d'insectes, en broutant l'herbe, qu'il n'y a d'hommes sur la terre.

1. Ces prières sont le bénédicité qui précède le repas et les grâces qui le suivent.

Et ce qui est encore de plus cruel, c'est que, dans cette horrible scène de meurtres toujours renouvelés, on voit évidemment un dessein formé de perpétuer toutes les espèces par les cadavres sanglants de leurs ennemis mutuels. Ces victimes n'expirent qu'après que la nature a soigneusement pourvu à en fournir de nouvelles. Tout renaît pour le meurtre.

Cependant, je ne vois aucun moraliste parmi nous, aucun de nos loquaces prédicateurs, aucun même de nos tartufes, qui ait fait la moindre réflexion sur cette habitude affreuse, devenue chez nous nature. Il faut remonter jusqu'au pieux Porphyre, et aux compatissants pythagoriciens[1] pour trouver quelqu'un qui

1. Pythagore, originaire de Samos, a vécu en Grèce et dans le sud de l'Italie au VIe siècle avant J.-C. Mathématicien et philosophe, il fonde à Crotone une école philosophique et une communauté de disciples initiés, soumis à des règles nombreuses, dont diététiques : la plupart étaient végétariens comme lui. Dans la tradition qui rapporte le parcours de Pythagore, il est dit qu'il a reçu lui-même plusieurs initiations, dans sa jeunesse et à l'âge mûr : d'abord les Mystères, puis du côté de la Phénicie, à Sidon, il est enseigné par la pensée naturaliste et atomiste de Mokhos, enfin il se serait rendu en Égypte pour y étudier la géométrie et l'astronomie… Pour certains, il serait ensuite allé jusqu'à Babylone, voire jusqu'en Inde pour y rencontrer les « mages »…
Porphyre, philosophe néoplatonicien du IIIe siècle, est l'auteur du *Traité contre les chrétiens* et du *Traité de l'abstinence*, longue et érudite apologie du végétarisme. Dans ce dernier texte,

nous fasse honte de notre sanglante gloutonnerie, ou bien il faut voyager chez les brahmanes[1] ; car, pour nos moines que le caprice de leurs fondateurs a fait renoncer à la chair, ils sont meurtriers de soles et de turbots, s'ils ne le sont pas de perdrix et de cailles[2] ; et ni parmi les moines, ni dans le concile de Trente[3], ni dans nos assemblées du clergé, ni dans nos académies, on ne

---

Porphyre s'adresse à Firmus, l'un de ses plus proches amis, qui était « retourné à la pâture carnée » après avoir été végétarien de longues années. Le *Traité de l'abstinence* a été traduit pour la première fois en français par l'abbé de Burigny, en 1747, qui envoie à Voltaire un exemplaire du texte en 1761.

1. Les brahmanes (ou « brames », selon l'orthographe de l'époque) sont les membres de la plus haute caste de l'hindouisme. Leur végétarisme est très célèbre au XVIIIe siècle et fait l'objet de commentaires de la part des explorateurs, des historiens et des philosophes européens.

2. Les moines de la Trappe ne dévorent aucun être vivant ; mais ce n'est ni par un sentiment de compassion, ni pour avoir une âme plus douce, plus éloignée de la violence, ni pour s'accoutumer à la tempérance, si nécessaire à l'homme qui aspire à se rendre indépendant des événements, ni pour se conserver plus sain un entendement dont ils ont juré de ne jamais faire usage. Tels étaient les motifs des philosophes disciples de Pythagore. Nos pauvres trappistes ne font mauvaise chère que pour se faire une niche ; ce qu'ils croient très propre à divertir l'être des êtres. (*Note de Voltaire.*)

3. À l'occasion du concile de Trente (1542-1563), l'un des plus importants de l'histoire du catholicisme, qui a constitué la principale réaction de l'Église à l'essor du protestantisme,

s'est encore avisé de donner le nom de mal à cette boucherie universelle. On n'y a pas plus songé dans les conciles que dans les cabarets.

---

de très nombreux et de très importants points de la doctrine furent discutés par les théologiens.

Traité sur la tolérance (note du chapitre XII)

Dans l'idée que nous avons de faire sur cet ouvrage quelques notes utiles, nous remarquerons ici qu'il est dit que Dieu fit une alliance avec Noé et avec tous les animaux ; et cependant il permet à Noé de « manger de tout ce qui a vie et mouvement » ; il excepte seulement le sang, dont il ne permet pas qu'on se nourrisse. Dieu ajoute « qu'il tirera vengeance de tous les animaux qui ont répandu le sang de l'homme[1] ».

On peut inférer de ces passages et de plusieurs autres ce que toute l'Antiquité a toujours pensé jusqu'à nos jours, et ce que tous les hommes sensés pensent, que les animaux ont quelque connaissance. Dieu ne fait

---

* *Voltaire fait paraître le* Traité sur la tolérance *en 1763, à l'occasion du procès de Jean Calas, riche marchand toulousain de confession protestante soupçonné du meurtre de son fils suicidé, que des juges, catholiques, se sont empressés de condamner. Il est assez remarquable que dans ce plaidoyer en faveur de l'humanité Voltaire insère ses réflexions sur la souffrance animale.*

1. Voltaire fait référence à Genèse, IX, 1-6.

point un pacte avec les arbres et avec les pierres, qui n'ont point de sentiment ; mais il en fait un avec les animaux, qu'il a daigné douer d'un sentiment souvent plus exquis que le nôtre, et de quelques idées nécessairement attachées à ce sentiment. C'est pourquoi il ne veut pas qu'on ait la barbarie de se nourrir de leur sang, parce qu'en effet le sang est la source de la vie, et par conséquent du sentiment. Privez un animal de tout son sang, tous ses organes restent sans action. C'est donc avec très grande raison que l'Écriture dit en cent endroits que l'âme, c'est-à-dire ce qu'on appelait l'âme sensitive, est dans le sang ; et cette idée si naturelle a été celle de tous les peuples.

C'est sur cette idée qu'est fondée la commisération que nous devons avoir pour les animaux. Des sept préceptes des Noachides[1], admis chez les Juifs, il y en a un qui défend de manger le membre d'un animal en vie. Ce précepte prouve que les hommes avaient eu la cruauté de mutiler les animaux pour manger leurs membres coupés, et qu'ils les laissaient vivre pour se nourrir successivement des parties de leurs corps. Cette coutume subsista en effet chez quelques peuples

1. Les lois « noahides » ou « noachiques » sont les sept commandements donnés par Dieu à Noé. Ils ne concernent pas seulement les Juifs mais l'humanité tout entière. L'un d'eux, le septième, interdit en effet que l'on consomme la chair arrachée à un animal encore vivant.

barbares, comme on le voit par les sacrifices de l'île de Chio, à Bacchus Omadios, le mangeur de chair crue. Dieu, en permettant que les animaux nous servent de pâture, recommande donc quelque humanité envers eux. Il faut convenir qu'il y a de la barbarie à les faire souffrir ; il n'y a certainement que l'usage qui puisse diminuer en nous l'horreur naturelle d'égorger un animal que nous avons nourri de nos mains. Il y a toujours eu des peuples qui s'en sont fait un grand scrupule : ce scrupule dure encore dans la presqu'île de l'Inde ; toute la secte de Pythagore, en Italie et en Grèce, s'abstint constamment de manger de la chair. Porphyre, dans son livre *De l'abstinence*, reproche à son disciple de n'avoir quitté sa secte que pour se livrer à son appétit barbare.

Il faut, ce me semble, avoir renoncé à la lumière naturelle, pour oser avancer que les bêtes ne sont que des machines. Il y a une contradiction manifeste à convenir que Dieu a donné aux bêtes tous les organes du sentiment, et à soutenir qu'il ne leur a point donné de sentiment.

Il me paraît encore qu'il faut n'avoir jamais observé les animaux pour ne pas distinguer chez eux les différentes voix du besoin, de la souffrance, de la joie, de la crainte, de l'amour, de la colère, et de toutes leurs affections ; il serait bien étrange qu'ils exprimassent si bien ce qu'ils ne sentiraient pas.

Cette remarque peut fournir beaucoup de réflexions aux esprits exercés sur le pouvoir et la bonté du Créateur, qui daigne accorder la vie, le sentiment, les idées, la mémoire, aux êtres que lui-même a organisés de sa main toute-puissante. Nous ne savons ni comment ces organes se sont formés, ni comment ils se développent, ni comment on reçoit la vie, ni par quelles lois les sentiments, les idées, la mémoire, la volonté, sont attachés à cette vie ; et dans cette profonde et éternelle ignorance, inhérente à notre nature, nous disputons sans cesse, nous nous persécutons les uns les autres, comme les taureaux qui se battent avec leurs cornes sans savoir pourquoi et comment ils ont des cornes.

Article « Bêtes » du *Dictionnaire philosophique*

Quelle pitié, quelle pauvreté, d'avoir dit que les bêtes sont des machines privées de connaissance et de sentiment, qui font toujours leurs opérations de la même manière, qui n'apprennent rien, ne perfectionnent rien, etc.[1] ?

---

* *Le* XVIII*e siècle est l'âge des dictionnaires. Voltaire propose le sien en 1764 et explique dans sa préface que « ce livre n'exige pas une lecture suivie ; mais à quelque endroit qu'on l'ouvre, on trouve de quoi réfléchir ». L'article « Bêtes » donne surtout à penser contre Descartes et contre sa fameuse théorie des animaux-machines, développée dans le* Discours de la méthode, *qui a paru en 1637, ainsi que dans sa lettre du 16 novembre 1646 au marquis de Newcastle.*

1. Descartes refuse aux animaux le langage et la faculté de penser. Il écrit au marquis de Newcastle : « Je sais bien que les bêtes font beaucoup de choses mieux que nous, mais je ne m'en étonne pas car cela même sert à prouver qu'elles agissent naturellement et par ressorts, ainsi qu'une horloge, laquelle montre bien mieux l'heure qu'il est, que notre jugement ne nous l'enseigne. »

Quoi ! cet oiseau qui fait son nid en demi-cercle quand il l'attache à un mur, qui le bâtit en quart de cercle quand il est dans un angle, et en cercle sur un arbre ; cet oiseau fait tout de la même façon. Ce chien de chasse que tu as discipliné pendant trois mois n'en sait-il pas plus au bout de ce temps qu'il n'en savait avant tes leçons ? Le serin à qui tu apprends un air le répète-t-il dans l'instant ? n'emploies-tu pas un temps considérable à l'enseigner ? n'as-tu pas vu qu'il se méprend et qu'il se corrige ?

Est-ce parce que je te parle que tu juges que j'ai du sentiment, de la mémoire, des idées ? Eh bien ! je ne te parle pas ; tu me vois entrer chez moi l'air affligé, chercher un papier avec inquiétude, ouvrir le bureau où je me souviens de l'avoir enfermé, le trouver, le lire avec joie. Tu juges que j'ai éprouvé le sentiment de l'affliction et celui du plaisir, que j'ai de la mémoire et de la connaissance.

Porte donc le même jugement sur ce chien qui a perdu son maître, qui l'a cherché dans tous les chemins avec des cris douloureux, qui entre dans la maison, agité, inquiet, qui descend, qui monte, qui va de chambre en chambre, qui trouve enfin dans son cabinet le maître qu'il aime, et qui lui témoigne sa joie par la douceur de ses cris, par ses sauts, par ses caresses.

Des barbares saisissent ce chien, qui l'emporte si prodigieusement sur l'homme en amitié ; ils le clouent sur une table, et ils le dissèquent vivant pour te montrer les veines mésaraïques[1]. Tu découvres dans lui tous les mêmes organes de sentiment qui sont dans toi. Réponds-moi, machiniste, la nature a-t-elle arrangé tous les ressorts du sentiment dans cet animal afin qu'il ne sente pas ? a-t-il des nerfs pour être impassible ? Ne suppose point cette impertinente contradiction dans la nature.

Mais les maîtres de l'école demandent ce que c'est que l'âme des bêtes. Je n'entends pas cette question. Un arbre a la faculté de recevoir dans ses fibres sa sève qui circule, de déployer les boutons de ses feuilles et de ses fruits ; me demanderez-vous ce que c'est que l'âme de cet arbre ? Il a reçu ces dons ; l'animal a reçu ceux du sentiment, de la mémoire, d'un certain nombre d'idées. Qui a fait tous ces dons ? qui a donné toutes ces facultés ? celui qui a fait croître l'herbe des champs, et qui fait graviter la Terre vers le Soleil.

Les âmes des bêtes sont des formes substantielles, a dit Aristote ; et après Aristote, l'école arabe ; et après l'école arabe, l'école angélique ; et après l'école angélique, la Sorbonne ; et après la Sorbonne, personne au monde[2].

---

1. Les veines « mésaraïques » ou « mésentériques » recueillent le sang de la partie médiane du gros intestin.
2. L'école arabe est celle qui, en Occident, se réclame du philosophe Averroès (1126-1198), lequel s'est grandement inspiré de l'œuvre du philosophe grec Aristote. L'école angélique

« Les âmes des bêtes sont matérielles », crient d'autres philosophes. Ceux-là n'ont pas fait plus de fortune que les autres. On leur a en vain demandé ce que c'est qu'une âme matérielle : il faut qu'ils conviennent que c'est de la matière qui a sensation ; mais qui lui a donné cette sensation ? c'est une âme matérielle, c'est-à-dire que c'est de la matière qui donne de la sensation à la matière ; ils ne sortent pas de ce cercle.

Écoutez d'autres bêtes raisonnant sur les bêtes : leur âme est un être spirituel qui meurt avec le corps ; mais quelle preuve en avez-vous ? quelle idée avez-vous de cet être spirituel, qui, à la vérité, a du sentiment, de la mémoire, et sa mesure d'idées et de combinaisons, mais qui ne pourra jamais savoir ce que sait un enfant de six ans ? Sur quel fondement imaginez-vous que cet être, qui n'est pas corps, périt avec le corps ? Les plus grandes bêtes sont ceux qui ont avancé que cette âme n'est ni corps ni esprit. Voilà un beau système. Nous ne pouvons entendre par esprit que quelque chose d'inconnu qui n'est pas corps : ainsi le système de ces messieurs revient à ceci, que l'âme des bêtes est une

---

est celle formée par ceux qui s'inspirent de l'œuvre de saint Thomas d'Aquin (1224-1274), qu'on surnomme le « docteur angélique » et qui a opéré une synthèse entre la théologie chrétienne et la philosophie aristotélicienne. Son influence fut considérable parmi les théologiens, y compris ceux qui enseignaient à la Sorbonne.

substance qui n'est ni corps ni quelque chose qui n'est point corps.

D'où peuvent procéder tant d'erreurs contradictoires ? de l'habitude où les hommes ont toujours été d'examiner ce qu'est une chose, avant de savoir si elle existe. On appelle la languette, la soupape d'un soufflet, l'âme du soufflet. Qu'est-ce que cette âme ? c'est un nom que j'ai donné à cette soupape, qui baisse, laisse entrer l'air, se relève et le pousse par un tuyau, quand je fais mouvoir le soufflet.

Il n'y a point là une âme distincte de la machine. Mais qui fait mouvoir le soufflet des animaux ? Je vous l'ai déjà dit, Celui qui fait mouvoir les astres. Le philosophe qui a dit : *Deus est anima brutorum*, avait raison ; mais il devait aller plus loin[1].

1. On trouve cette formule latine (« Dieu est l'âme des bêtes ») dans un article des *Nouvelles de la République des lettres* (octobre 1700, p. 420) dont l'auteur, Jacques Bernard, affirme qu'il lui « semble avoir lu quelque part cette thèse ». Bayle cite ces propos de Bernard dans l'article « Rorarius » du *Dictionnaire historique et critique*. Telle est peut-être la source de Voltaire.

Article « Viande » des *Questions sur l'Encyclopédie*

Viande, viande défendue, viande dangereuse – Court examen des préceptes juifs et chrétiens, et de ceux des anciens philosophes.

Viande vient sans doute de *victus*, ce qui nourrit, ce qui soutient la vie ; de *victus* on fit *viventia* ; de *viventia*, viande. Ce mot devrait s'appliquer à tout ce qui se mange ; mais, par la bizarrerie de toutes les langues, l'usage a prévalu de refuser cette dénomination au pain, au laitage, au riz, aux légumes, aux fruits, au poisson, et de ne le donner qu'aux animaux terrestres. Cela semble contre toute raison ; mais c'est l'apanage de toutes les langues et de ceux qui les ont faites.

Quelques premiers chrétiens se firent un scrupule de manger de ce qui avait été offert aux dieux, de

---

* *Les* Questions sur l'Encyclopédie *sont une œuvre foisonnante et monumentale dont les neuf volumes paraissent entre 1770 et 1772. Malgré le titre de l'ouvrage, les quatre cent quarante « questions » que pose Voltaire ont peu à voir avec l'*Encyclopédie *de Diderot. Le patriarche de Ferney renonce à l'exhaustivité et au systématisme ; les articles ont une structure plutôt lâche et ménagent une place réduite aux sciences et aux techniques. L'article « Viande », par exemple, ne porte nullement sur le travail des bouchers ou la chair des mammifères, mais sur les motifs de ceux qui s'en sont abstenus.*

quelque nature qu'il fût. Saint Paul n'approuva pas ce scrupule. Il écrit aux Corinthiens : « Ce qu'on mange n'est pas ce qui nous rend agréables à Dieu. Si nous mangeons, nous n'aurons rien de plus devant Lui, ni rien de moins si nous ne mangeons pas[1]. » Il exhorte seulement à ne point se nourrir de viandes immolées aux dieux, devant ceux des frères qui pourraient en être scandalisés. On ne voit pas après cela pourquoi il traite si mal saint Pierre, et le reprend d'avoir mangé des viandes défendues avec les gentils[2]. On voit d'ailleurs dans les Actes des apôtres que Simon-Pierre était autorisé à manger de tout indifféremment : car

1. Première lettre aux Corinthiens, chapitre VIII. (*Note de Voltaire.*)

2. Les « gentils » sont ceux qui n'appartiennent pas à la communauté juive. Il était jusque-là interdit aux Juifs d'être reçus à la table des gentils puisque les nourritures que consommaient ces derniers n'étaient pas conformes à la « cacherout », c'est-à-dire à l'ensemble des règles alimentaires prescrites dans le judaïsme. Les premiers chrétiens, qui cherchent à convertir non seulement les Juifs, mais aussi tous ceux qui ne le sont pas, décident d'abandonner la distinction entre nourritures « convenables » et nourritures « interdites ». Ils comprennent en effet qu'il est plus aisé de prêcher la bonne nouvelle à des hommes et à des femmes de toutes les nations s'ils peuvent partager avec eux leurs repas. Pour devenir « universelle », il fallait que l'Église devînt omnivore. L'abandon de la cacherout ne se fait pourtant pas sans heurt, ainsi qu'en témoignent les désaccords entre Pierre et Paul mentionnés ici par Voltaire.

il vit un jour le ciel ouvert, et une grande nappe descendant par les quatre coins du ciel en terre ; elle était couverte de toutes sortes d'animaux terrestres à quatre pieds, de toutes les espèces d'oiseaux et de reptiles (ou animaux qui nagent), et une voix lui cria : « Tue et mange[1]. »

Vous remarquerez qu'alors le carême et les jours de jeûne n'étaient point institués. Rien ne s'est jamais fait que par degrés. Nous pouvons dire ici, pour la consolation des faibles, que la querelle de saint Pierre et de saint Paul ne doit point nous effrayer. Les saints sont hommes. Paul avait commencé par être le geôlier et même le bourreau des disciples de Jésus[2]. Pierre avait renié Jésus, et nous avons vu que l'Église naissante, souffrante, militante, triomphante, a toujours été divisée, depuis les ébionites jusqu'aux jésuites.

Je pense bien que les brahmanes, si antérieurs aux Juifs, pourraient bien avoir été divisés aussi ; mais enfin ils furent les premiers qui s'imposèrent la loi de ne manger d'aucun animal. Comme ils croyaient que les âmes passaient et repassaient des corps humains dans ceux des bêtes, ils ne voulaient point manger

1. *Actes*, chapitre X. (*Note de Voltaire.*)

2. Avant de se convertir au christianisme, Paul de Tarse (qui se prénommait alors Saül) avait en effet participé à la lapidation de saint Étienne et était un ennemi déclaré des chrétiens.

leurs parents. Peut-être leur meilleure raison était la crainte d'accoutumer les hommes au carnage, et de leur inspirer des mœurs féroces.

On sait que Pythagore, qui étudia chez eux la géométrie et la morale, embrassa cette doctrine humaine, et la porta en Italie. Ses disciples la suivirent très longtemps : les célèbres philosophes Plotin, Jamblique et Porphyre la recommandèrent, et même la pratiquèrent, quoiqu'il soit assez rare de faire ce qu'on prêche[1]. L'ouvrage de Porphyre sur l'abstinence des viandes, écrit au milieu de notre IIIe siècle, très bien traduit en notre langue par M. de Burigny, est fort estimé des savants ; mais il n'a pas fait plus de disciples parmi nous que le livre du médecin Hecquet[2]. C'est en vain que Porphyre propose pour modèles les brahmanes et les mages persans de la première classe, qui avaient en horreur la coutume d'engloutir dans leurs entrailles les entrailles des autres créatures ; il

1. Jamblique et Porphyre écrivirent chacun une biographie de Pythagore au IIIe siècle après J.-C ; ils mentionnent l'un et l'autre son refus de consommer la chair des animaux. Plotin, fondateur de l'école néoplatonicienne quelques années auparavant, était selon toute vraisemblance végétarien lui aussi.
2. Philippe Hecquet fut l'auteur en 1709 du *Traité des dispenses du carême* dans lequel il soutient que le régime végétal est le plus adapté à la physiologie humaine. Ce point de vue sera contesté de manière virulente par la plupart des médecins de son temps.

n'est suivi aujourd'hui que par les pères de la Trappe[1]. L'écrit de Porphyre est adressé à un de ses anciens disciples nommé Firmus, qui se fit, dit-on, chrétien pour avoir la liberté de manger de la viande et de boire du vin.

Il remontre à Firmus qu'en s'abstenant de la viande et des liqueurs fortes, on conserve la santé de l'âme et du corps, qu'on vit plus longtemps et avec plus d'innocence. Toutes ses réflexions sont d'un théologien scrupuleux, d'un philosophe rigide, et d'une âme douce et sensible. On croirait, en le lisant, que ce grand ennemi de l'Église est un Père de l'Église.

Il ne parle point de métempsycose, mais il regarde les animaux comme nos frères, parce qu'ils sont animés comme nous, qu'ils ont les mêmes principes de vie, qu'ils ont ainsi que nous des idées, du sentiment, de la mémoire, de l'industrie. Il ne leur manque que la parole ; s'ils l'avaient, oserions-nous les tuer et les manger ? oserions-nous commettre ces fratricides ? Quel est le barbare qui pourrait faire rôtir un agneau, si cet agneau nous conjurait par un discours attendrissant de n'être point à la fois assassin et anthropophage ?

1. Les moines de l'abbaye de La Trappe, ou « trappistes », sont en effet connus, au siècle de Voltaire, pour suivre un régime sévère tout au long de l'année, impliquant notamment l'abstinence de nourritures carnées. Leur motivation est essentiellement d'ordre ascétique.

Ce livre prouve du moins qu'il y eut chez les gentils des philosophes de la plus austère vertu ; mais ils ne purent prévaloir contre les bouchers et les gourmands.

Il est à remarquer que Porphyre fait un très bel éloge des esséniens[1]. Il est rempli de vénération pour eux, quoiqu'ils mangeassent quelquefois de la viande. C'était alors à qui serait le plus vertueux, des esséniens, des pythagoriciens, des stoïciens, et des chrétiens. Quand les sectes ne forment qu'un petit troupeau, leurs mœurs sont pures ; elles dégénèrent dès qu'elles deviennent puissantes.

La gola, il dado e l'oziose piume
Hanno dal mondo ogni virtù sbandita[2].

---

1. Les esséniens forment, du IIe siècle avant J.-C. au Ier siècle après J.-C., le troisième groupe de la société juive, en nombre, dans la province de Syrie, après les Pharisiens et Sadducéens. Porphyre fait effectivement l'éloge de cette secte rigoriste dans le quatrième livre du *Traité de l'abstinence.*
2. « La gloutonnerie, le jeu et la paresse ont banni du monde toute vertu. »

Éléments de la philosophie de Newton (première partie, chapitre V)

Il y a [...] dans l'homme une disposition à la compassion aussi généralement répandue que nos autres instincts : Newton avait cultivé ce sentiment d'humanité, et il l'étendait jusqu'aux animaux ; il était fortement convaincu, avec Locke[1], que Dieu a donné aux animaux (qui semblent n'être que matière) une

---

* *Voltaire tente en vain de rencontrer Isaac Newton, père de la physique moderne et l'un des hommes les plus illustres de son siècle, lors de son exil en Angleterre en 1727 ; il parvient cependant à s'entretenir avec sa nièce – qui lui rapporte la fameuse anecdote de la pomme. Quelques années plus tard, avec l'aide d'Émilie du Châtelet, Voltaire entreprend de vulgariser les travaux scientifiques et la pensée morale du grand homme. Les* Éléments de la philosophie de Newton *paraissent en 1738.*

1. Dans son fameux *Essai sur l'entendement humain*, John Locke (1632-1704) conteste vigoureusement la théorie de Descartes et de tous ceux qui soutiennent que « les chiens et les éléphants ne pensent point, quoique ces animaux en donnent toutes les démonstrations imaginables, excepté qu'ils ne nous le disent pas eux-mêmes » (II, 1, 19).

mesure d'idées, et les mêmes sentiments qu'à nous. Il ne pouvait penser que Dieu, qui ne fait rien en vain, eût donné aux bêtes des organes de sentiment afin qu'elles n'eussent point de sentiment.

Il trouvait une contradiction bien affreuse à croire que les bêtes sentent et à les faire souffrir. Sa morale s'accordait en ce point avec sa philosophie ; il ne cédait qu'avec répugnance à l'usage barbare de nous nourrir du sang et de la chair des êtres semblables à nous, que nous caressons tous les jours ; et il ne permit jamais dans sa maison qu'on les fit mourir par des morts lentes et recherchées, pour en rendre la nourriture plus délicieuse.

Cette compassion qu'il avait pour les animaux se tournait en vraie charité pour les hommes. En effet, sans l'humanité, vertu qui comprend toutes les vertus, on ne mériterait guère le nom de philosophe.

La Philosophie de l'histoire (chapitre XVII, « De l'Inde »)

S'il est permis de former des conjectures, les Indiens, vers le Gange, sont peut-être les hommes le plus anciennement rassemblés en corps de peuple. Il est certain que le terrain où les animaux trouvent la pâture la plus facile est bientôt couvert de l'espèce qu'il peut nourrir. Or il n'y a pas de contrée au monde où l'espèce humaine ait sous sa main des aliments plus sains, plus agréables et en plus grande abondance que vers le Gange. Le riz y croît sans culture ;

---

* *Voltaire ne commence à s'intéresser à l'Inde qu'au début des années 1760, c'est-à-dire fort tardivement. Mais sa curiosité est si grande qu'il lit en quelques mois tous les travaux et les comptes rendus sur le pays des brahmanes. Il en vient à considérer que la civilisation indienne est la plus ancienne du monde et que la théologie judéo-chrétienne n'est qu'une récente imitation des vérités sublimes contenues dans les Védas. Dans* La Philosophie de l'histoire, *qui paraît en 1765, Voltaire examine, entre autres choses, le régime alimentaire des hindous. Le végétarisme qu'ils ont adopté depuis des millénaires expliquerait, selon lui, leur douceur ; il constituerait aussi et surtout une preuve anthropologique de l'ancienneté de leur civilisation.*

le coco, la datte, le figuier présentent de tous côtés des mets délicieux ; l'oranger, le citronnier fournissent à la fois des boissons rafraîchissantes avec quelque nourriture ; les cannes de sucre sont sous la main ; les palmiers et les figuiers à larges feuilles y donnent le plus épais ombrage. On n'a pas besoin, dans ce climat, d'écorcher des troupeaux pour défendre ses enfants des rigueurs des saisons ; on les y élève encore aujourd'hui tout nus jusqu'à la puberté. Jamais on ne fut obligé, dans ce pays, de risquer sa vie en attaquant les animaux, pour la soutenir en se nourrissant de leurs membres déchirés, comme on a fait presque partout ailleurs. [...]

Ce qui me frappe le plus dans l'Inde, c'est cette ancienne opinion de la transmigration des âmes, qui s'étendit avec le temps jusqu'à la Chine et dans l'Europe. Ce n'est pas que les Indiens sussent ce que c'est qu'une âme mais ils imaginaient que ce principe, soit aérien, soit igné, allait successivement animer d'autres corps. Remarquons attentivement ce système de philosophie qui tient aux mœurs. C'était un grand frein pour les pervers que la crainte d'être condamnés par Vishnou et par Brama à devenir les plus vils et les plus malheureux des animaux. Nous verrons bientôt que tous les grands peuples avaient une idée d'une autre vie, quoique avec des notions différentes. Je ne vois guère, parmi les anciens empires, que les Chinois qui n'établirent pas la doctrine de l'immortalité de l'âme. Leurs premiers législateurs ne promulguèrent que des lois morales ; ils crurent qu'il suffisait d'exhorter les hommes à la vertu, et de les y forcer par une police sévère.

Les Indiens eurent un frein de plus, en embrassant la doctrine de la métempsycose ; la crainte de tuer son père ou sa mère en tuant des hommes et des animaux leur inspira une horreur pour le meurtre et pour toute violence, qui devint chez eux une seconde nature. Ainsi tous les Indiens dont les familles ne sont alliées ni aux Arabes, ni aux Tartares, sont encore aujourd'hui les plus doux de tous les hommes. Leur religion et la température de leur climat rendirent ces peuples entièrement semblables à ces animaux paisibles que nous élevons dans nos bergeries et dans nos colombiers pour les égorger à notre plaisir.

Aventure indienne

Pythagore, dans son séjour aux Indes, apprit comme tout le monde sait, à l'école des gymnosophistes[1], le langage des bêtes et celui des plantes. Se promenant un jour dans une prairie assez près du rivage de la mer, il entendit ces paroles : « Que je suis malheureuse d'être née herbe : à peine suis-je parvenue à deux pouces de hauteur que voilà un monstre dévorant, un animal horrible qui me foule sous ses larges pieds ; sa gueule est armée d'une rangée de faux tranchantes, avec laquelle il me coupe, me déchire, et m'engloutit. Les hommes nomment ce monstre un *mouton*. Je ne crois pas qu'il y ait au monde une plus abominable créature. »

---

* *Ce conte, long de quelques pages seulement, date de 1766, l'année de la décapitation du chevalier de La Barre. Le texte porte l'empreinte de cet événement funeste et constitue une bonne illustration de ce que Voltaire appelle ailleurs la « boucherie universelle ».*

1. Les gymnosophistes (littéralement, « sages nus ») sont les ascètes hindous décrits par les historiens grecs de l'Antiquité.

Pythagore avança quelques pas ; il trouva une huître qui bâillait sur un petit rocher ; il n'avait point encore embrassé cette admirable loi par laquelle il est défendu de manger les animaux nos semblables. Il allait avaler l'huître, lorsqu'elle prononça ces mots attendrissants : « Ô nature ! que l'herbe, qui est comme moi ton ouvrage, est heureuse ! Quand on l'a coupée, elle renaît, elle est immortelle ; et nous, pauvres huîtres, en vain sommes-nous défendues par une double cuirasse ; des scélérats nous mangent par douzaines à leur déjeuner, et c'en est fait pour jamais. Quelle épouvantable destinée que celle d'une huître, et que les hommes sont barbares ! »

Pythagore tressaillit ; il sentit l'énormité du crime qu'il allait commettre ; il demanda pardon à l'huître en pleurant, et la remit bien proprement sur son rocher.

Comme il rêvait profondément à cette aventure en retournant à la ville, il vit des araignées qui mangeaient des mouches, des hirondelles qui mangeaient des araignées, des éperviers qui mangeaient des hirondelles. Tous ces gens-là, dit-il, ne sont pas philosophes.

Pythagore, en entrant, fut heurté, froissé, renversé par une multitude de gredins et de gredines qui couraient en criant : « C'est bien fait, c'est bien fait, ils l'ont bien mérité ! – Qui ? quoi ? » dit Pythagore en se relevant ; et les gens couraient toujours en disant : « Ah ! que nous aurons de plaisir à les voir cuire ! »

Pythagore crut qu'on parlait de lentilles ou de quelques autres légumes ; point du tout, c'était de deux pauvres Indiens. « Ah ! sans doute, dit Pythagore, ce sont deux grands philosophes qui sont las de la vie ; ils sont bien aises de renaître sous une autre forme ; il y a du plaisir à changer de maison, quoiqu'on soit toujours mal logé ; il ne faut pas disputer des goûts. »

Il avança avec la foule jusqu'à la place publique, et ce fut là qu'il vit un grand bûcher allumé, vis-à-vis de ce bûcher, un banc qu'on appelait un *tribunal*, et sur ce banc, des juges, et ces juges tenaient tous une queue de vache à la main, et ils avaient sur la tête un bonnet ressemblant parfaitement aux deux oreilles de l'animal qui porta Silène quand il vint autrefois au pays avec Bacchus, après avoir traversé la mer Érythrée à pied sec, et avoir arrêté le Soleil et la Lune comme on le raconte fidèlement dans les *Orphiques*[1].

Il y avait parmi ces juges un honnête homme fort connu de Pythagore. Le sage de l'Inde expliqua au

1. Cette allusion aux *Orphiques*, poèmes cosmogoniques rédigés par les sectateurs d'Orphée, est fantaisiste. Silène, souvent représenté assis sur un âne, est le précepteur et le compagnon de Bacchus.

sage de Samos de quoi il était question dans la fête qu'on allait donner au peuple hindou.

« Les deux Indiens, dit-il, n'ont nulle envie d'être brûlés ; mes graves confrères les ont condamnés à ce supplice, l'un pour avoir dit que la substance de Xaca n'est pas la substance de Brama[1] ; et l'autre, pour avoir soupçonné qu'on pouvait plaire à l'Être suprême par la vertu, sans tenir en mourant une vache par la queue ; parce que, disait-il, on peut être vertueux en tout temps, et qu'on ne trouve pas toujours une vache à point nommé[2]. Les bonnes femmes de la ville ont été si effrayées de ces deux propositions hérétiques, qu'elles n'ont point donné de repos aux juges, jusqu'à ce qu'ils aient ordonné le supplice de ces deux infortunés. »

Pythagore jugea que depuis l'herbe jusqu'à l'homme il y avait bien des sujets de chagrin. Il fit pourtant entendre raison aux juges, et même aux dévotes ; et c'est ce qui n'est arrivé que cette seule fois.

---

1. Brama est l'un des trois principaux dieux du panthéon hindou ; il est à la fois le dieu créateur et la substance du monde. Xaca (ou plutôt Shakyamuni, c'est-à-dire « le sage des Shakyas ») est l'autre nom de Bouddha.
2. Au XVIIIe siècle, plusieurs voyageurs avaient rapporté que les hindous regardaient comme une action particulièrement sainte le fait de mourir en tenant entre leurs mains la queue d'une vache.

Ensuite il alla prêcher la tolérance à Crotone ; mais un intolérant mit le feu à sa maison : il fut brûlé, lui qui avait tiré deux Hindous des flammes. *Sauve qui peut !*

La Princesse de Babylone

Elle éclatait en sanglots ; elle s'écriait avec larmes : « Je ne le reverrai donc plus ; il ne reviendra pas.

– Il reviendra, madame, lui répondit l'oiseau du haut de son oranger ; peut-on vous avoir vue, et ne pas vous revoir ?

– Ô ciel ! ô puissances éternelles ! mon oiseau parle le pur chaldéen ! » En disant ces mots, elle tire ses rideaux, lui tend les bras ; se met à genoux sur son lit : « Êtes-vous un dieu descendu sur la terre ? êtes-vous le grand Orosmade caché sous ce beau

---

* *Bélus, le roi de Babylone en Chaldée, veut marier sa fille, la jeune et belle Formosante. Il organise un grand concours composé d'épreuves diverses au cours desquelles s'affrontent des prétendants venus des quatre coins du monde. Formosante tombe sous le charme de l'un d'eux, qui semble avoir toutes les qualités requises par Bélus, mais qui s'enfuit précipitamment. Il n'a que le temps de lui offrir un oiseau au plumage magnifique. Ce conte, publié en 1768, est sans doute l'un des plus beaux de Voltaire.*

plumage[1] ? Si vous êtes un dieu, rendez-moi ce beau jeune homme.

– Je ne suis qu'un volatile, répliqua l'autre ; mais je naquis dans le temps que toutes les bêtes parlaient encore, et que les oiseaux, les serpents, les ânesses, les chevaux, et les griffons s'entretenaient familièrement avec les hommes. Je n'ai pas voulu parler devant le monde, de peur que vos dames d'honneur ne me prissent pour un sorcier : je ne veux me découvrir qu'à vous. »

Formosante, interdite, égarée, enivrée de tant de merveilles, agitée de l'empressement de faire cent questions à la fois, lui demanda d'abord quel âge il avait. « Vingt-sept mille neuf cents ans et six mois, madame ; je suis de l'âge de la petite révolution du ciel que vos mages appellent *la précession des équinoxes* et qui s'accomplit en près de vingt-huit mille de vos années[2]. Il y a des révolutions infiniment plus longues : aussi nous avons des êtres beaucoup plus vieux que moi. Il y a vingt-deux mille ans que j'appris le chaldéen dans un de mes

1. Ahura Mazda ou « Orosmade » est le dieu créateur que vénèrent les zoroastriens. Le zoroastrisme est la religion des Perses qui conquirent Babylone au VIe siècle avant J.-C.
2. On attribue en effet aux astronomes babyloniens la découverte du changement de l'axe de rotation de la Terre et du cycle de précession de cet axe, c'est-à-dire du temps qu'il lui faut pour retrouver exactement la même position, soit environ 26 000 ans.

voyages. J'ai toujours conservé beaucoup de goût pour la langue chaldéenne ; mais les autres animaux mes confrères ont renoncé à parler dans vos climats.

– Et pourquoi cela, mon divin oiseau ?

– Hélas ! c'est parce que les hommes ont pris enfin l'habitude de nous manger, au lieu de converser et de s'instruire avec nous. Les barbares ! ne devaient-ils pas être convaincus qu'ayant les mêmes organes qu'eux, les mêmes sentiments, les mêmes besoins, les mêmes désirs, nous avions ce qui s'appelle *une âme* tout comme eux ; que nous étions leurs frères, et qu'il ne fallait cuire et manger que les méchants ? Nous sommes tellement vos frères que le grand Être, l'Être éternel et formateur, ayant fait un pacte avec les hommes, nous comprit expressément dans le traité. Il vous défendit de vous nourrir de notre sang, et à nous, de sucer le vôtre.

« Les fables de votre ancien Locman[1], traduites en tant de langues, seront un témoignage éternellement subsistant de l'heureux commerce que vous avez eu autrefois avec nous. Elles commencent toutes par ces mots : *Du temps que les bêtes parlaient.* Il est vrai qu'il y a beaucoup de femmes parmi vous qui parlent

1. Luqman ou « Locman » est un fabuliste qui aurait vécu au XIe avant J.-C. Un recueil de fables attribuées faussement à Locman et traduites de l'arabe en latin a circulé en Europe au XVIIe siècle.

toujours à leurs chiens ; mais ils ont résolu de ne point répondre depuis qu'on les a forcés à coups de fouet d'aller à la chasse, et d'être les complices du meurtre de nos anciens amis communs, les cerfs, les daims, les lièvres et les perdrix.

Vous avez encore d'anciens poèmes dans lesquels les chevaux parlent, et vos cochers leur adressent la parole tous les jours ; mais c'est avec tant de grossièreté, et en prononçant des mots si infâmes, que les chevaux, qui vous aimaient tant autrefois, vous détestent aujourd'hui.

Le pays où demeure votre charmant inconnu, le plus parfait des hommes, est demeuré le seul où votre espèce sache encore aimer la nôtre et lui parler ; et c'est la seule contrée de la Terre où les hommes soient justes.

– Et où est-il ce pays de mon cher inconnu ? quel est le nom de ce héros ? comment se nomme son empire ? car je ne croirai pas plus qu'il est un berger que je ne crois que vous êtes une chauve-souris.

– Son pays, madame, est celui des Gangarides, peuple vertueux et invincible qui habite la rive orientale du Gange. Le nom de mon ami est Amazan. Il n'est pas roi, et je ne sais même s'il voudrait s'abaisser à l'être ; il aime trop ses compatriotes : il est berger comme eux. Mais n'allez pas vous imaginer que ces bergers ressemblent aux vôtres, qui, couverts à peine de lambeaux déchirés, gardent des moutons infiniment mieux habillés qu'eux ; qui gémissent sous le fardeau de la pauvreté, et qui payent à un exacteur la moitié des gages chétifs qu'ils reçoivent de leurs maîtres. Les bergers gangarides, nés tous égaux, sont les maîtres des troupeaux innombrables qui couvrent leurs prés éternellement fleuris. On ne les tue jamais : c'est un crime horrible vers le Gange de tuer et de manger son semblable. »

Les Lettres d'Amabed
(« Seconde lettre d'Amabed à Shastasid »)

Je plains ces malheureux d'Europe, qui n'ont été créés que depuis six mille neuf cent quarante ans tout au plus, tandis que notre ère est de cent quinze mille six cent cinquante-deux années ; je les plains davantage de manquer de poivre, de cannelle, de girofle, de thé, de café, de soie, de coton, de vernis, d'encens, d'aromates et de tout ce qui peut rendre la vie agréable : il faut que la Providence les ait longtemps oubliés ; mais je les plains encore plus de venir de si loin, parmi tant de périls, ravir nos denrées les armes à la main. On dit qu'ils ont commis, à Calicut[1], des

---

* *Dans ce conte paru en 1769, Amabed, un jeune homme de Bénarès, apprend l'italien auprès d'un jésuite, le père Fa Tutto. Le missionnaire profite des leçons qu'il donne pour tenter d'évangéliser son élève ; mais ce dernier comprend trop bien la supériorité de l'hindouisme sur le christianisme – cette religion récente et brutale – pour abjurer la foi de ses ancêtres. Dans cette « seconde lettre », Amabed fait part à Shastasid, son ancien maître, des réflexions que lui inspirent l'Europe et les Européens.*

1. Ville du Kérala, en Inde.

cruautés épouvantables pour du poivre : cela fait frémir la nature indienne, qui est en tout différente de la leur ; car leurs poitrines et leurs cuisses sont velues : ils portent de longues barbes ; leurs estomacs sont carnassiers ; ils s'enivrent avec le jus fermenté de la vigne, plantée, disent-ils, par leur Noé. Le père Fa Tutto lui-même, tout poli qu'il est, a égorgé deux petits poulets ; il les a fait cuire dans une chaudière, et il les a mangés impitoyablement. Cette action barbare lui a attiré la haine de tout le voisinage, que nous n'avons apaisé qu'avec peine. Dieu me pardonne ! je crois que cet étranger aurait mangé nos vaches sacrées, qui nous donnent du lait, si on l'avait laissé faire. Il a bien promis qu'il ne commettrait plus de meurtres envers les poulets ; et qu'il se contenterait d'œufs frais, de laitage, de riz, de nos excellents légumes, de pistaches, de dattes, de cocos, de gâteaux, d'amandes, de biscuits, d'ananas, d'oranges et de tout ce que produit notre climat béni de l'Éternel.

Le Dialogue du chapon et de la poularde

LE CHAPON. – Eh, mon Dieu ! ma poule, te voilà bien triste, qu'as-tu ?

LA POULARDE. – Mon cher ami, demande-moi plutôt ce que je n'ai plus. Une maudite servante m'a prise sur ses genoux, m'a plongé une longue aiguille dans le cul, a saisi ma matrice, l'a roulée autour de l'aiguille, l'a arrachée et l'a donnée à manger à son chat. Me voilà incapable de recevoir les faveurs du chantre du jour, et de pondre.

LE CHAPON. – Hélas ! ma bonne, j'ai perdu plus que vous ; ils m'ont fait une opération doublement

* *En 1763, Voltaire publie* Le Dialogue du chapon et de la poularde, *que les critiques, embarrassés, ont longtemps jugé « étrange » ou peu sérieux. Cette méditation, amère et comique, sur le végétarisme et sur la violence que les hommes exercent contre les animaux méritait une plus grande postérité. Il est remarquable que Voltaire fasse ici de la boucherie un autre visage de l'Infâme.*

cruelle : ni vous ni moi n'aurons plus de consolation dans ce monde ; ils vous ont fait poularde, et moi chapon. La seule idée qui adoucit mon état déplorable, c'est que j'entendis ces jours passés, près de mon poulailler, raisonner deux abbés italiens à qui on avait fait le même outrage afin qu'ils pussent chanter devant le pape avec une voix plus claire. Ils disaient que les hommes avaient commencé par circoncire leurs semblables, et qu'ils finissaient par les châtrer : ils maudissaient la destinée et le genre humain.

LA POULARDE. – Quoi ! c'est donc pour que nous ayons une voix plus claire qu'on nous a privés de la plus belle partie de nous-mêmes ?

LE CHAPON. – Hélas ! ma pauvre poularde, c'est pour nous engraisser, et pour nous rendre la chair plus délicate.

LA POULARDE. – Eh bien ! quand nous serons plus gras, le seront-ils davantage ?

LE CHAPON. – Oui, car ils prétendent nous manger.

LA POULARDE. – Nous manger ! ah, les monstres !

LE CHAPON. – C'est leur coutume ; ils nous mettent en prison pendant quelques jours, nous font avaler une pâtée dont ils ont le secret, nous crèvent les yeux pour que nous n'ayons point de distraction ; enfin, le jour de la fête étant venu, ils nous arrachent les plumes, nous coupent la gorge, et nous font rôtir. On nous apporte devant eux dans une large pièce d'argent ; chacun dit de nous ce qu'il pense ; on fait notre oraison funèbre : l'un dit que nous sentons la noisette ; l'autre vante notre chair succulente ; on loue nos cuisses, nos bras, notre croupion ; et voilà notre histoire dans ce bas monde finie pour jamais.

LA POULARDE. – Quels abominables coquins ! je suis prête à m'évanouir. Quoi ! on m'arrachera les yeux ! on me coupera le cou ! je serai rôtie et mangée ! Ces scélérats n'ont donc point de remords ?

LE CHAPON. – Non, m'amie ; les deux abbés dont je vous ai parlé disaient que les hommes n'ont jamais de remords des choses qu'ils sont dans l'usage de faire.

LA POULARDE. – La détestable engeance ! Je parie qu'en nous dévorant ils se mettent encore à rire et à faire des contes plaisants, comme si de rien n'était.

LE CHAPON. – Vous l'avez deviné ; mais sachez pour votre consolation (si c'en est une) que ces animaux, qui sont bipèdes comme nous, et qui sont fort au-dessous de nous, puisqu'ils n'ont point de plumes, en ont usé ainsi fort souvent avec leurs semblables. J'ai entendu dire à mes deux abbés que tous les empereurs chrétiens et grecs ne manquaient jamais de crever les deux yeux à leurs cousins et à leurs frères ; que même, dans le pays où nous sommes, il y avait eu un nommé Débonnaire qui fit arracher les yeux à son neveu Bernard[1]. Mais pour ce qui est de rôtir des hommes, rien n'a été plus commun parmi cette espèce. Mes deux abbés disaient qu'on en avait rôti plus de vingt mille pour de certaines opinions qu'il serait difficile à un chapon d'expliquer, et qui ne m'importent guère.

La poularde. – C'était apparemment pour les manger qu'on les rôtissait.

Le chapon. – Je n'oserais pas l'assurer ; mais je me souviens bien d'avoir entendu clairement qu'il y a bien des pays, et entre autres celui des Juifs, où les hommes se sont quelquefois mangés les uns les autres.

---

1. Louis Ier (778-840), dit Louis le Pieux ou le Débonnaire, est le fils de Charlemagne. Il est roi d'Aquitaine en 781 puis empereur d'Occident en 813. Son neveu, Bernard, règne sur l'Italie, mais Louis Ier le dépossède de son royaume pour le donner à son propre fils. Bernard se révolte en vain contre son oncle, qui ordonne qu'on lui brûle les yeux au fer incandescent.

La poularde. – Passe pour cela. Il est juste qu'une espèce si perverse se dévore elle-même, et que la Terre soit purgée de cette race. Mais moi qui suis paisible, moi qui n'ai jamais fait de mal, moi qui ai même nourri ces monstres en leur donnant mes œufs, être châtrée, aveuglée, décollée, et rôtie ! Nous traite-t-on ainsi dans le reste du monde ?

Le chapon. – Les deux abbés disent que non. Ils assurent que dans un pays nommé l'Inde, beaucoup plus grand, plus beau, plus fertile que le nôtre, les hommes ont une loi sainte qui depuis des milliers de siècles leur défend de nous manger ; que même un nommé Pythagore, ayant voyagé chez ces peuples justes, avait rapporté en Europe cette loi humaine, qui fut suivie par tous ses disciples. Ces bons abbés lisaient Porphyre le Pythagoricien, qui a écrit un beau livre contre les broches.

Ô le grand homme ! le divin homme que ce Porphyre ! Avec quelle sagesse, quelle force, quel respect tendre pour la divinité il prouve que nous sommes les alliés et les parents des hommes ; que Dieu nous donna les mêmes organes, les mêmes sentiments, la même mémoire, le même germe inconnu d'entendement qui se développe dans nous jusqu'au point déterminé par les lois éternelles, et que ni les hommes ni nous ne passons jamais ! En effet, ma chère poularde, ne serait-ce pas un outrage à la divinité de dire que nous avons des sens pour ne point sentir, une cervelle pour ne point penser ? Cette imagination digne, à ce qu'ils disaient, d'un fou nommé Descartes, ne serait-elle pas le comble du ridicule et la vaine excuse de la barbarie ?

Aussi les plus grands philosophes de l'Antiquité ne nous mettaient jamais à la broche. Ils s'occupaient à tâcher d'apprendre notre langage, et de découvrir nos propriétés si supérieures à celles de l'espèce humaine. Nous étions en sûreté avec eux comme dans l'âge d'or. Les sages ne tuent point les animaux, dit Porphyre ; il n'y a que les barbares et les prêtres qui les tuent et les mangent. Il fit cet admirable livre pour convertir un de ses disciples qui s'était fait chrétien par gourmandise.

LA POULARDE. – Eh bien ! dressa-t-on des autels à ce grand homme qui enseignait la vertu au genre humain, et qui sauvait la vie au genre animal ?

LE CHAPON. – Non, il fut en horreur aux chrétiens qui nous mangent, et qui détestent encore aujourd'hui sa mémoire ; ils disent qu'il était impie, et que ses vertus étaient fausses, attendu qu'il était païen.

LA POULARDE. – Que la gourmandise a d'affreux préjugés ! J'entendais l'autre jour, dans cette espèce de grange qui est près de notre poulailler, un homme qui parlait seul devant d'autres hommes qui ne parlaient point ; il s'écriait que « Dieu avait fait un pacte avec nous et avec ces autres animaux appelés hommes ; que Dieu leur avait défendu de se nourrir de notre sang et de notre chair ». Comment peuvent-ils ajouter à cette défense positive la permission de dévorer nos membres bouillis ou rôtis ? Il est impossible, quand ils nous ont coupé le cou, qu'il ne reste beaucoup de sang dans nos veines ; ce sang se mêle nécessairement à notre chair ; ils désobéissent donc visiblement à Dieu en nous mangeant. De plus, n'est-ce pas un sacrilège de tuer et de dévorer des gens avec qui Dieu a fait un pacte ? Ce serait un étrange traité que celui dont la seule clause serait de nous livrer à la mort. Ou notre créateur n'a point fait de pacte avec nous, ou c'est un crime de nous tuer et de nous faire cuire : il n'y a pas de milieu.

LE CHAPON. – Ce n'est pas la seule contradiction qui règne chez ces monstres, nos éternels ennemis. Il y a longtemps qu'on leur reproche qu'ils ne sont d'accord en rien. Ils ne font des lois que pour les violer ; et, ce qu'il y a de pis, c'est qu'ils les violent en conscience. Ils ont inventé cent subterfuges, cent sophismes pour justifier leurs transgressions. Ils ne se servent de la pensée que pour autoriser leurs injustices, et n'emploient les paroles que pour déguiser leurs pensées. Figure-toi que, dans le petit pays où nous vivons, il est défendu de nous manger deux jours de la semaine[1] : ils trouvent bien moyen d'éluder la loi ; d'ailleurs cette loi, qui te paraît favorable, est très barbare ; elle ordonne que ces jours-là on mangera les habitants des eaux. Ils vont chercher des victimes au fond des mers et des rivières. Ils dévorent des créatures dont une seule coûte souvent plus de la valeur de cent chapons : ils appellent cela jeûner, se mortifier. Enfin je ne crois pas qu'il soit possible d'imaginer une espèce plus ridicule à la fois et plus abominable, plus extravagante et plus sanguinaire.

LA POULARDE. – Eh, mon Dieu ! ne vois-je pas venir ce vilain marmiton de cuisine avec son grand couteau ?

LE CHAPON. – C'en est fait, m'amie, notre dernière heure est venue ; recommandons notre âme à Dieu.

---

1. L'Église catholique imposait en effet aux fidèles de s'abstenir de nourritures « grasses », c'est-à-dire de viande (et parfois aussi de certains produits laitiers ou d'œufs) le mercredi et le vendredi. La même interdiction avait cours pendant les quarante jours du carême, à l'occasion de l'Avent et de quelques autres jours du calendrier liturgique. Pendant ces jours « maigres », le poisson était autorisé et largement consommé par ceux qui pouvaient s'offrir cette nourriture parfois luxueuse.

La poularde. – Que ne puis-je donner au scélérat qui me mangera une indigestion qui le fasse crever ! Mais les petits se vengent des puissants par de vains souhaits, et les puissants s'en moquent.

Le chapon. – Aïe ! on me prend par le cou. Pardonnons à nos ennemis.

La poularde. – Je ne puis ; on me serre, on m'emporte. Adieu, mon cher chapon.

Le chapon. – Adieu, pour toute l'éternité, ma chère poularde.

« Que la gourmandise a d'affreux préjugés ! »

Voltaire déclare malicieusement avoir lu plus de livres de médecine que don Quichotte n'en avait lu de chevalerie[1]. Il cherchait en effet dans les écrits des médecins de son temps des remèdes aux nombreuses infirmités qui l'affligeaient depuis presque toujours. Le grand homme souffrait de la perte prématurée de ses dents, de migraine, de cécité temporaire, d'une sensibilité extrême au froid, de désordres nerveux, de langueur, de maigreur excessive, de maux de ventre épouvantables et d'un cancer de la prostate dont il mourut à l'âge de quatre-vingt-quatre ans. Ses problèmes de santé, aimait-il raconter, commencèrent à l'adolescence lorsque les jésuites, ses bons maîtres du collège Louis-le-Grand, avaient pris l'habitude de le sodomiser pour la plus grande gloire de Dieu[2].

Après de longues années à méditer sur le fonctionnement du corps humain et à se prescrire à lui-même toutes sortes de remèdes, Voltaire en était venu à la conclusion que la médecine ne sert à peu près à rien et que les hommes de l'art sont surtout des charlatans – ce qui ne l'empêchait nullement de fréquenter de manière assidue Théodore Tronchin, l'un des plus célèbres d'entre eux. À ce dernier, comme à la plupart de ses correspondants, Voltaire évoquait inlassablement sa santé chancelante, l'imminence de sa mort, les douleurs que lui causaient ses intestins et les lavements qu'il s'administrait afin d'apaiser son mal. Ces plaintes n'étaient pas toujours celles d'un homme surtout victime d'hypocondrie, ainsi que l'ont montré Jacques Bréhant et Raphaël Roche : Voltaire souffrait bel et bien le martyre[3].

La tempérance lui apparut comme le meilleur des remèdes à ses maux et à ceux de ses amis qui faisaient trop bonne chère. Voltaire s'astreignit à une diète sévère et semble avoir renoncé, au moins temporairement, aux nourritures carnées. « Je ne mange plus de viande », écrivait-il par exemple à Mme Denis, sa nièce, en 1769. « Je ne mange ni viande ni poisson », expliquait-il encore à son médecin dix ans plus tard ; il se disait enfin plus « pythagoricien » que Philippe de Sainte-Aldegonde, un strict végétarien qu'il reçut quelques jours dans sa propriété de Ferney, près de Genève[4].

Ces privations alimentaires ne furent pas une chose aisée. Voltaire se plaignait amèrement d'être devenu le spectateur des plaisirs gastronomiques de ses voisins de table et de jouer en quelque sorte le rôle de « l'eunuque du sérail, qui voit faire et qui ne fait rien[5] ». Le philosophe se résignait pourtant. Il savait trop bien que les quelques désagréments de la frugalité n'étaient rien en comparaison des tourments que cause une mauvaise digestion.

Voltaire, qui semble convaincu des vertus diététiques du végétarisme, n'en parle pour ainsi dire jamais dans son œuvre. Il évoque en revanche à de nombreuses reprises et de manière très favorable les causes anthropologiques, théologiques et morales de cette diète. Sous sa plume, le végétarisme est une « doctrine humaine » et même une « admirable loi par laquelle il est défendu de manger les animaux nos semblables[6] ». Dans plusieurs de ses essais et de ses œuvres de fiction, il prend parti pour ces prêtres de l'Inde qui répugnent à faire couler le sang des animaux, plaide la compassion pour les bêtes de boucherie, élève ses personnages végétariens au rang de protagonistes et laisse parfois éclater sa colère contre l'humanité carnivore.

Ces textes ont longtemps embarrassé les spécialistes de Voltaire. Le plus souvent, ceux-ci observèrent à leur sujet un silence prudent et gêné, soit parce qu'ils ne savaient pas quoi en penser, soit parce qu'ils ne parvenaient pas à se départir de leurs propres préjugés sur le végétarisme. Jusqu'à une date récente, ce régime n'était-il pas considéré en effet comme la conséquence ridicule d'un anthropomorphisme absurde et peut-être même obscène ? N'entendait-on pas répéter que les végétariens étaient tout à la fois des idiots victimes de leur sensiblerie et des ennemis du genre humain ? Quoi ! l'avocat de Calas et de Sirven, l'auteur génial de *Candide* et de *Zaïre*, l'apôtre glorieux de la tolérance, le champion des Lumières, le héros de son siècle se serait abaissé à prendre pitié des bêtes et à condamner leurs bourreaux !

L'attitude des critiques à l'égard du végétarisme voltairien traduit aussi et surtout une difficulté à repérer dans cette pratique des enjeux qui dépassent très largement le cadre des habitudes culinaires. L'adoption de ce régime – et plus encore du véganisme – va souvent de pair en effet avec une dénonciation féroce de l'anthropocentrisme ; elle met en évidence les limites de la charité des chrétiens (lesquels refusent d'étendre la bienveillance au-delà des bornes de l'humanité) et implique de refonder la justice en faisant de la capacité à souffrir le critère essentiel de l'attribution des droits.

Dans ses œuvres, Voltaire se fait l'avocat du végétarisme : la lecture d'*Il faut prendre un parti*, par exemple, ou de certains passages de *La Princesse de Babylone* ne laisse guère de place au doute. Le philosophe récuse plus encore le carnisme, cette antique idéologie qui ne dit pas son nom et selon laquelle Dieu ou la nature ou le droit du plus fort permettrait à l'espèce humaine de tuer les membres des autres espèces et de manger leur chair. Afin de légitimer leurs habitudes alimentaires, les carnistes veulent croire que les bêtes sont faites de toute éternité pour être dévorées par les hommes, qu'elles n'ont pas d'âme spirituelle, qu'elles sont incapables de raisonner et qu'elles ne souffrent pas véritablement quand on les maltraite[7]. Voltaire récuse fermement chacune de ces affirmations.

Il n'est pas vrai, affirme-t-il tout d'abord, que la viande soit l'aliment naturel de l'être humain puisque, avec ses « chétives dents » et son « débile estomac », celui-ci « ne pourrait seulement, sans l'art d'un cuisinier, / Digérer un poulet[8] ».

Il n'est pas vrai que le ventre des hommes soit la cause finale de l'existence des bêtes. La consommation de viande, d'ailleurs, n'a rien d'universel : « Les moutons n'ont pas sans doute été faits absolument pour être cuits et mangés, puisque plusieurs nations s'abstiennent de cette horreur », lit-on dans les *Questions sur l'Encyclopédie*[9].

Il n'est pas vrai que nous soyons le sommet et le centre de la création et que les animaux n'aient été créés que pour nous servir de nourriture. Lorsque les hommes étaient en effet dans l'état de nature, ils ne subjuguaient pas les bêtes, mais leur servaient au contraire de repas : « Les premiers ours et les premiers tigres qui rencontrèrent les premiers hommes leur témoignèrent peu de vénération, surtout s'ils avaient faim », s'amuse à rappeler Voltaire[10]. Ne serait-il pas plus juste alors de déclarer que l'espèce humaine est *par nature* faite pour être mangée par les animaux carnassiers ? À un âge où la Terre a cessé d'être le centre du cosmos, ne devrions-nous pas abandonner notre fantasme d'élection métaphysique et dissiper définitivement l'illusion anthropocentriste entretenue par notre vanité ? L'âme spirituelle, cette « idée creuse » que nous chérissons tant, n'est aux yeux de Voltaire qu'une invention de théologiens qui trouvèrent là un moyen commode de nous distinguer des autres animaux et de justifier leur asservissement.

Il n'est pas vrai que les bêtes soient absolument privées d'aptitudes dont nous serions les seuls dépositaires dans l'Univers : « Les animaux ont les mêmes facultés que nous. Organisés comme nous, ils reçoivent comme nous la vie, ils la donnent de même. Ils commencent comme nous le mouvement et le communiquent. Ils ont des sens et des sensations, des idées, de la mémoire. [...] Les animaux n'ont que des facultés et nous n'avons que des facultés[11]. » C'est précisément parce que la différence entre eux et nous est de degré seulement et non pas de nature que nous devons leur témoigner de la compassion.

Il n'est pas vrai, enfin, que les animaux ne soient que des machines. Voltaire a toujours exécré la pensée de

Descartes. Sa plus grave inconséquence (et celle de ses disciples) aura été, selon lui, de soutenir que les bêtes ne sentent rien, pas même la douleur. L'auteur du *Discours de la méthode* croyait éloigner des hommes tout scrupule carnivore et dédouaner Dieu de la responsabilité de la souffrance des animaux. Quelle folie ! Son odieuse et ridicule doctrine, cette « vaine excuse de la barbarie », parachevait l'entreprise d'abaissement des bêtes commencée dans l'Antiquité. Elle la porta à un point que les pires ennemis du genre animal – les stoïciens puis les chrétiens – n'avaient eux-mêmes jamais imaginé. Et elle la fit prospérer : ce crime de Descartes contre le bon sens profite encore largement à tous ceux qui tirent avantage de la souffrance des bêtes. Nos zootechniciens considèrent à l'heure actuelle les animaux comme des machines à produire toujours plus d'œufs, de lait ou de viande. N'expliquent-ils pas doctement qu'il est déraisonnable d'exagérer les douleurs de ces êtres mutilés, privés de la lumière du jour et de la liberté de se mouvoir ? N'entend-on pas aujourd'hui encore cette abominable rengaine parmi les mangeurs de viande ?

Renan Larue

Notes de la postface

1. Lettre D14977 (selon la classification de Theodore Besterman).
2. Sur cette anecdote que Voltaire aurait rapportée à Pope, voir André-Michel Rousseau, *L'Angleterre et Voltaire*, Oxford, SVEC, 1976, t. 1, p. 113.
3. *L'Envers du roi Voltaire (Quatre-vingts ans de la vie d'un mourant)*, Paris, Nizet, 1989.
4. Voir respectivement les lettres D15565, D21162 et D21001.
5. Lettre D10303.
6. Voir respectivement l'article « Viande » des *Questions sur l'Encyclopédie* et « Aventure indienne » que nous avons reproduits plus haut.
7. Contrairement à aujourd'hui, les hommes du XVIIIe siècle soutenaient rarement que la consommation de viande est absolument nécessaire à l'homme puisque les moines et les moniales s'en abstenaient tout au long de l'année, que l'ensemble des fidèles y renonçaient les jours maigres et que la grande majorité des paysans n'y goûtaient en vérité presque jamais. La race des brahmanes, végétarienne depuis des millénaires, ne s'est d'ailleurs pas éteinte, ainsi que le rappelle Voltaire. Sur le carnisme, voir Melanie Joy, *Why We Love Dogs, Eat Pigs, and Wear Cows*, San Francisco, Conari Press, 2010.
8. *Le Marseillais et le Lion.*
9. Voir l'article « Causes finales » des *Questions sur l'Encyclopédie.*
10. Notes du *Marseillais et le Lion.*
11. *Lettres de Memnius à Cicéron*, XVI. Voltaire refuse par conséquent de considérer que les membres de l'espèce humaine sont supérieurs par essence aux membres des autres espèces. Il évoque déjà d'une certaine manière le célèbre argument des cas marginaux employé par le philosophe australien Peter Singer, auteur du livre fondateur *La libération animale* (1975). Voir à ce propos son dialogue intitulé « Les Adorateurs ».

Ses talens l'ont déifié. Ce qui flatte mon cœur, est mi
L'Europe moderne l'honore: plus cher encore,
Jadis à ses autels elle eut sacrifié. Il a pour moi de l'amiti

Dessiné par P. A. Danzel au Ch.teau de Ferney en 1764. et Gravé par J. B. M
d'après le Dessein qui est dans le Cabinet de M. le Marquis de Villett

Vie de Voltaire

1694. Naissance à Paris de François-Marie Arouet le 21 novembre au sein d'une famille aisée. Son père est notaire, puis conseiller du roi.

1701. La mère de François-Marie décède. Il est élevé par sa sœur, Marie-Marguerite.

1704-1711. Études au prestigieux collège Louis-le-Grand, tenu par les jésuites. Le jeune Arouet se révèle être un élève particulièrement brillant, notamment en rhétorique et en philosophie. Il fréquente les milieux libertins, compose des vers et une tragédie.

1711. Inscription à la faculté de droit de Paris.

1713. Arouet devient secrétaire de l'ambassadeur de France à La Haye.

1714. De retour en France, il travaille à Paris dans l'étude d'un notaire.

1717. Incarcération pour une durée d'onze mois à la Bastille pour avoir écrit contre le Régent.

1718. Premier grand succès littéraire avec le triomphe de sa tragédie *Œdipe.* Il prend le pseudonyme de Voltaire.

1722. Décès de son père. Voyage en Hollande et en Belgique.

1723. Voltaire est atteint de la petite vérole.

1726. Querelle avec le chevalier de Rohan, qui le fait bâtonner ; Voltaire est exilé en Angleterre.

1728. Retour en France.

1732. Succès triomphal de sa pièce *Zaïre.*

1733. Voltaire rencontre Émilie du Châtelet, qui devient sa maîtresse.

1734. Parution des *Lettres philosophiques,* qui font scandale. Voltaire est menacé d'être arrêté ; il se réfugie à Cirey-en-Champagne, chez Émilie du Châtelet. Il se passionne avec elle pour la physique et les mathématiques.

1738. Parution des *Éléments de la philosophie de Newton.*

1739. Publication des *Œuvres de M. de Voltaire*

1745. Voltaire devient « historiographe du roi ».

1746. Réception à l'Académie française ; il devient également « gentilhomme ordinaire de la chambre du roi ».

1747. Départ pour Lunéville, à la cour du roi Stanislas.

1748. Publication de *Zadig.*

1749. Mort d'Émilie du Châtelet.

1750. Séjour à Potsdam auprès du roi de Prusse, Frédéric II.

1752. Parution de *Micromégas.*

1755. Installation aux « Délices », près de Genève.

1759. Publication de *Candide.*

1760. Installation à Ferney, non loin de la frontière suisse.

1762. Voltaire prend la défense de Jean Calas, accusé à tort d'avoir tué son fils. Il publie l'année suivante le *Traité sur la tolérance.*

1763. Parution de « Dialogue du chapon et de la poularde ».

1764. Publication de son *Dictionnaire philosophique.*

1765. Parution de *La Philosophie de l'histoire.* Réhabilitation de Calas.

1765-1766. Le jeune chevalier de La Barre est torturé et décapité parce qu'il ne s'est pas découvert au passage d'une procession et qu'on le suspecte d'avoir endommagé un crucifix. Son corps est brûlé en même temps que plusieurs exemplaires du *Dictionnaire philosophique.* Voltaire parvient à réhabiliter le jeune homme.

1766. Publication d'*Aventure indienne.*

1768. Parution de *La Princesse de Babylone.*

1769. Publication de *Les Lettres d'Amabed.*

1770-1772. Parution des neuf tomes des *Questions sur l'Encyclopédie.*

1775. Publication de *Il faut prendre un parti.*

1778. Retour à Paris où il est reçu en triomphe. Succès de sa pièce *Irène.* Il meurt couvert de gloire le 30 mai 1778.

1791. Transfert des cendres de Voltaire au Panthéon.

Repères bibliographiques

Œuvres de Voltaire

- *Œuvres complètes* de Voltaire, Oxford, Voltaire Foundation, 1968 – [en cours].
- *Œuvres complètes* de Voltaire, Garnier, 1877-1885.
- *Le Fanatisme ou Mahomet le prophète,* Mille et une nuits, 2007.
- *Histoire des Croisades,* Mille et une nuits, 2006.
- *L'Ingénu,* Mille et une nuits, 2001.
- *Micromégas,* Mille et une nuits, 2001.
- *Lettres philosophiques,* Mille et une nuits, 1999.

Études sur Voltaire

- Bréhant (Jacques) et Roche (Raphaël), *L'Envers du roi Voltaire (Quatre-vingts ans de la vie d'un mourant),* Nizet, 1989.
- Mervaud (Christiane), *Bestiaires de Voltaire,* Oxford, Voltaire Foundation, 2006 ;

  Voltaire à table, Desjonquères, 1998.
- Galliani (Renato), « Voltaire, Porphyre et les animaux », Oxford, *SVEC,* 1981, p. 125-138.

Études sur le végétarisme

- Larue (Renan), *Le Végétarisme des Lumières,* Garnier, à paraître en 2014.

◆ JEANGÈNE VILMER (Jean-Baptiste), *Anthologie d'éthique animale. Apologies des bêtes*, Puf, 2011.

◆ JOY (Melanie), *Why We Love Dogs, Eat Pigs, and Wear Cows*, San Francisco, Conari Press, 2010.

◆ STUART (Tristram), *The Bloodless Revolution. A Cultural History of Vegetarianism from 1600 to Modern Times*, New York-Londres, Norton, 2006.

Pour l'éditeur, le principe est d'utiliser des papiers composés de fibres naturelles, renouvelables, recyclables et fabriquées à partir de bois issu de forêts qui adoptent un système d'aménagement durable.

En outre, l'éditeur attend de ses fournisseurs de papier qu'ils s'inscrivent dans une démarche décertification environnementale reconnue.

Mille et une nuits propose des chefs-d'œuvre pour le temps d'une attente, d'un voyage, d'une insomnie…

La Petite Collection (extrait du catalogue) 577. CICÉRON, *Traité des devoirs.* 578. Pierre-Joseph PROUDHON / Émile ZOLA, *Controverse sur Courbet et l'utilité sociale de l'art.* 579. Paul ACHARD, *La Queue.* 580. VOLTAIRE / ROUSSEAU, *Querelle sur le Mal et la Providence.* 581. Marie-Joseph CHÉNIER, *Dénonciation des inquisiteurs de la pensée.* 582. Auguste RODIN, *Faire avec ses mains ce que l'on voit. Textes, lettres et propos choisis.* 583. Théophile GAUTIER, *Le Club des Hachichins.* 584. Blaise PASCAL / Jacqueline PASCAL, *Les Mystères de Jésus.* 585. Sébastien BAILLY, *Les Zeugmes au plat.* 586. David HUME, *Essais sur le bonheur. Les Quatre Philosophes.* 587. Henri ROORDA, *Le Rire et les Rieurs.* 588. POLYEN, *L'Art du mensonge. Ruses diplomatiques et stratagèmes politiques.* 589. ALAIN, *L'Instituteur et le Sorbonagre. 50 propos sur l'école de la République.* 590. Josiah WARREN, *Commerce équitable.* 597. Henri ROORDA, *Le Pédagogue n'aime pas les enfants.* 598. Émile ZOLA, *Lettres à la jeunesse.* 599. Léon TOLSTOÏ, *Un musicien déchu.* 600. PLATON, *Euthyphron.* 601. ARISTOPHANE, *Ploutos, dieu du fric.* 602. Jean-Jacques ROUSSEAU, *Deux lettres sur l'individu, la société et la vertu.* 603. Edgar Degas, *« Je veux regarder par le trou de la serrure ».* 604. Edmund BURKE, *Lettre à un membre de l'Assemblée nationale de France sur la Révolution française et Rousseau.* 605. Georges FEYDEAU, *L'Hôtel du Libre Échange.* 606. Jean GRAVE, *Ce que nous voulons et autres textes anarchistes.* 607. Hippolyte TAINE, *Xénophon, l'*Anabase. 608. Alfred DELVAU, *Henry Murger et la Bohème.* 609. David HUME, *La Règle du goût.* 610. Henri BERGSON, *Le Bon sens ou l'Esprit français.* 611. POLYEN, *Ruses de femmes.* 612. Henri ROORDA, *À prendre ou à laisser. Le programme de lecture du professeur d'optimisme.*

Pour chaque titre, le texte intégral, une postface, la vie de l'auteur et une bibliographie.

42.40.0757.7/10
Achevé d'imprimer en avril 2019
par La Nouvelle Imprimerie Laballery (Clamecy, France).
N° d'impression : 903491